KB149342

당신은 폭포처럼

황금알 시인선 289

당신은 폭포처럼

초판발행일 | 2024년 4월 30일
2쇄 발행일 | 2024년 7월 15일

지은이 | 안덕상
펴낸곳 | 도서출판 황금알
펴낸이 | 金永馥
주간 | 김영탁
편집실장 | 조경숙
표지디자인 | 칼라박스
주소 | 03088 서울시 종로구 이화장2길 29-3, 104호(동숭동)
전화 | 02)2275-9171
팩스 | 02)2275-9172
이메일 | tibet21@hanmail.net
홈페이지 | http://goldegg21.com
출판등록 | 2003년 03월 26일(제300-2003-230호)

ⓒ2024 안덕상 & Gold Egg Publishing Company Printed in Korea
값은 뒤표지에 있습니다.
ISBN 979-11-6815-078-2-03810

당신은 폭포처럼

안덕상 시집

황금알

끼고 살던 자식이 한꺼번에 떠나갔다

집안이 온통 휑하다

총량제인 내 앞날도 그만큼 줄어들었겠지

못나서, 이 문턱을 넘지 못한 놈들은

나 혼자 데리고 나가

깊은 어둠 속으로 놓아 보내야 한다

입도 없고 눈도 없는 저 애들은

춥고 어두운 침묵 속을 얼마나 떠돌아야 가라앉을까

심학규처럼, 나도 눈을 뜰 수 있을까

생각하면 자꾸 우습고도 슬프다.

차 례

1부

언어도단言語道斷 · 12

비애悲哀 · 13

그그그 · 14

문턱에서 · 15

우파니샤드의 가을 ― 송신한 전파 · 16

화면 속에서 자꾸 되살아나는 백남준 ― 야바위꾼 · 17

감나무 연리지 ― 니체 · 18

임신한 마돈나가 뭉크에게 · 19

길 · 20

봄, 건조주의보 · 21

땡볕 · 22

첫사랑 1 ― 화장花葬하던 날 · 23

첫사랑 2 · 24

첫사랑 3 · 25

첫사랑 4 ― 체로금풍體露金風 · 26

행복 상표를 찍는 사람들 · 28

2부

화엄바다 은갈치 1 · 32

화엄바다 은갈치 2 · 33

회고사懷古詞 · 34

청령포 춘설春雪 · 35

잠을 위한 서시序詩 · 36

길 위의 잠 1 · 37

길 위의 잠 2 · 38

길 위의 잠 3 · 39

피레네 국경에서 벤야민에게 · 40

조고각하照顧脚下 · 41

산국山菊 · 42

관풍헌觀風軒에서 · 43

동남쪽 마을에서 서북쪽 하늘을 보다
─ 고봉高峰 화상의 게송에 붙여 · 44

어린 소를 파묻고 나서 · 45

상실喪失 · 46

고통 · 47

저녁 종소리 · 48

3부

풍경風磬소리 1 · 52

풍경風磬소리 2 · 53

풍경風磬소리 3 · 54

풍경風磬소리 4 · 55

풍경風磬소리 5 · 56

그날 · 57

송인送人 ― 왕유王維 풍으로 K를 보내고 · 58

묵언默言 · 59

독거노인이 꿈에게 문자질하다 ― 도연명 풍으로 · 60

노산대에 올라 1 · 61

노산대에 올라 2 · 62

자규루子規樓 · 63

낙화암에서 1 ― 금강정 · 64

낙화암에서 2 · 65

우둥불 · 66

4부

우음偶吟 · 70

탄금대彈琴臺에서 · 71

상처 1 — 피해자들 · 72

곡자사哭子詞 · 73

이월二月 · 74

딸 1 · 76

난폭한 적막 · 77

회한悔恨 — 임재범의 '아버지 사진'에 붙여 · 78

울력 · 80

도피안사到彼岸寺 26 · 81

김삿갓 풍으로 — 불초不肖 · 82

꿈 · 83

■ 후기後記 · 84

1부

언어도단言語道斷

말이 탁 끊어진 자리에 맑은 바람이 일었다
바람을 좇아 향 내음 그윽 퍼지고, 그 자리에 참말
이 조봇이 솟아올랐다

단칼에 말을 자를 줄 아는 이, 누구이신가.

비애悲哀

쓰러져야만 열광하는 세상을 위해
나는 오늘 팔각의 링 위에 누었다
폭발하는 환호성
누우면 이렇게나 편한데, 왜 그리 악착을 떨었던가
마지막 힘까지 쥐어짜며 허공에 주먹질을 해댔던가
너에게 쏟아지는 저 갈채는
내일은 너도 넘어져야 한다는 공개된 암호
무동을 타고 두 팔을 흔드는 너를 위해
나는 아직 몽롱하게 누워있다
저 환호성이 끝날 때까지.

그그그

망치뼈 속에서 옥수수 잎이 자라기 시작했다
노근란露根蘭도 아닌데
대궁은 억센 뿌리를 드러낸 채
제 발밑에 숨은 뼛조각을 단단히 움켜잡고 있다
바지 주머니 속에 넣고 다니던 금붕어는
두 겹으로 접힌 제 아가미를
내 눈앞에 가끔씩 펼쳐 보이다가
어느새 사라지곤 했다
아무도 살아 있는 소음이라고 말하지 않았고
그렇다고 죽어있다고 말하지도 않았다
그 행간 사이에 깨알만 한 날파리 떼가 알을 깠다
부화한 새끼들이 모루뼈까지 무시로 드나들어도
그 눈의 크기에 대해선 아무도 알고 싶어 하지 않았다
그저 오늘이라고만 말하고 싶어 한다
그그그, 라고 속으로만.

문턱에서

　허옇게 벼린 낫을 들고 저녁 산을 오르다가
　발밑으로 달라붙는 안개의 등뼈 잘라내어 전나무
숲에 파묻어 버렸다
　낫에 묻은 안개의 피 오래 바라보다가 짙은 송진 냄
새 위에
　쓱쓱 닦아버렸다
　관솔가지 끝에 꿰어 꿈틀대는 종이꽃의 혓바닥을
보고
　봄밤이 또 물컥물컥 몰려오고 있다.

우파니샤드의 가을
— 송신한 전파

　기관총을 쏘아대듯이 내 손으로 쏘아 보내고 날려
보낸 그 숱한 말, 말들
　오래전 하늘 가 공동묘지 한 귀퉁이에 들어가 묻혀
버렸다

　지상의 꼭대기에서 저 하늘 끝까지 녹슨 철삿줄처
럼 이어진
　가늘고 긴 침묵의 뼈, 그것들을 나는 지금 보는 중
이다.

화면 속에서 자꾸 되살아나는 백남준
— 야바위꾼

색은 유일신唯一神, 눈부시게 빛나는 그물망

이 세상을 제 손바닥 위에 올려놓고

난쟁이가 된 수천수만의 나를 촤라락, 한꺼번에 보

여준다

내 등 뒤에 붙어있는 세상을 만나보려고 혼자 색을

쓰다가

내 눈은 저 것들에게 매일 야바위 당하고 있다.

* '예술은 사기다.' 백남준이 남기고 간 말. 불후(不朽)다.

감나무 연리지
— 니체

벌건 대낮에 부끄러운 줄도 모르고
얼른얼른 자꾸자꾸 하라고 재촉하더니, 잔가지가
찢어지도록
제 새끼를 주렁주렁 만들어 놓았구나

바싹 곯은 몸으로
생生이란 이런 것이라며 헤벌쭉거리는구나
저런, 덜떨어진 놈.

임신한 마돈나가 뭉크에게

뼛속이 시리도록 찬 바람 불어 이가 딱딱 마주쳐도, 삭이지 못한 구역질은 겨우 내내 나를 괴롭혔다 시간이 조금 더 지나면 쓸데없이 봄은 또 오고 강추위에 부딪히던 내 이는 무더기로 빠져나갈 것이다 한겨울에 한여름의 모습이나 보고 있는 이 더러운 눈알 감추지 못하고 나는 두 팔 벌린 채 고개 떨구고 서 있는 허수아비나 끌어안았다 겨울이 다 가도록 산비탈 수수밭에 못 박혀 나부끼는 남루를 사랑하는 저 허수아비.

길

한낮에 은산철벽銀山鐵壁이 허물어졌다
고립무원의 눈벌판에 길이 열리고 장이 섰다
한바탕 바람이 불자
마구간을 지탱하던 낡은 담벼락이
흙먼지를 일으키며 어서 떠나라고 외쳤다
눈 덮인 저 산 넘어가는 길은 멀어
산마루턱에서 실낱같이 빛난다
날이 저물자 길이 닫히고 고요가 돌아왔다
삽짝 밖의 검보랏빛 허공에
등불이 하나 걸렸다
내 몸이 세운 은산철벽처럼.

봄, 건조주의보

겨울 지난 세상은 온통 재생으로 들떠 있었다
그러나 가까이 가보면
모두들 말초신경이나 자극하며 몸 부르르 떨 뿐,
불화에 대해서는 아무도 말하려 하지 않았다
그렇게나 내 목말라해도
아침저녁으로 안개만 자옥하고 도통 비는 오지 않
았다
두둑과 두둑으로 갈라진
보리밭 너머 저 멀리
구룡포 바닷빛만 더욱 짙푸른 윤사월,
나는 차라리 온 산 다 태우고 다니는
산불이 되고 싶었다
나 스스로 내게 적이 되고 싶었다.

땡볕

시멘트 계단 짓누르는 햇빛
너무 무거워
하, 난 숨 쉴 수 없네.

첫사랑 1
— 화장花葬하던 날

꽃을 묻었다
봄바람에 소낙비처럼 떨어지던 꽃
그 잎이 더럽혀지기 전에
한데 모아 묻었다
삽질하는 동안
사철나무 가지 위에서 할미새가
목이 쉬도록 울었지만
올려다보지 않았다
내 동맥이 끊어진 것처럼
비가, 매일 쏟아졌다.

첫사랑 2

내 봄이 죽자
검푸른 여름이 빽빽한 어둠으로
주위를 둘러쌌다
청련거사의 산중문답도 추사의 유마경도
다 시시해 보였다
대중가요 가사가 귀에 쏙쏙 들어와
가슴을 후비다 가곤 했다
다들 나를 교회로 인도하려 했지만
몸이 너무 추워
뜨거운 국물만 계속 찾았다
여름 내내
겨울옷을 껴입고 살다가
비 그친 밤엔 아이들 몰래
혼자 울었다.

첫사랑 3

내 눈을 뽑아 주고 싶었다
네 몸을, 내 눈알에 집어넣은 채 걸어 다니고 싶었다
말이 너를 더럽히는 게 싫어
차라리 글자를 모두 씹어 먹으려 했지만
휘어진 받침이 목구멍을 찌르는 바람에
그 상처에서 고름만 매일 짜내야 했다
울대에서 시작된 화농성 고열이 발끝까지 퍼지자
말 대신 꿈을 꾸는 날이 늘었다
그때마다 바다는 고장 난 배를 끌고
깊이를 알 수 없는 어둠 속으로 나를 데려갔다
가면假眠에서 빠져나오려고
밤마다 진땀을 흘리며 돌아눕곤 했지만
목소리만 남은 네 자리를 만질 때는
쥐어짜듯, 가슴이 아팠다.

첫사랑 4
— 체로금풍體露金風

허기 때문에,
꿈에서도 혼자 돼지처럼 먹었다
깨고 나니 목이 마르다
방 밖으로 나와 벽에 기댄 채
다시 눈을 감았다
아랫배가 터지도록 어둠이 밀려왔지만
일어나지 않았다
가을밤이 너무 깊어 춥다

밤새도록 거실 벽에
벽지처럼 붙어있던 나를 떼어놓으려고
날은 어느새 또 밝아오고
이 질긴 하루,
나는 너를 버려야 하는 싸움을 처음부터
다시 시작해야 한다
입동 앞둔 창밖에는 잔가지마다 다닥다닥
혼자 익은 고욤이 보인다

항아리마다 네가 담아 놓고 간
장醬이 있는
바로 저 장독대 옆에서.

행복 상표를 찍는 사람들

골수에 사무치는 병이 들어서 점점 숨이 꺼져가는
아내를 두고 오늘도 또 야근을 들어왔습니다

머리맡에 죽 한 그릇 물 한 그릇 떠 놓고
알약 한 주먹, 하얀 종이 위에 까 놓고 집을 나왔습
니다

나 없으면 대소변조차 받아내 줄 사람 없는 빈집에서
아내는 지금 불도 켜지 못한 채
꺼져가는 목숨 줄만 붙잡고 혼자 누워있을 것입니다

시간은 벌써 새벽 두 시가 되어가는데
방송은 여전히 춤과 노래와 행복뿐입니다
내 아내는 맛도 본 적 없는 음식을 먹느라
출연자들은 모두 즐거운 법석입니다

남의 불행은 나의 행복이라는데,

나는 남들의 행복을 위해 죽어가는 아내와 헤어져
야근을 합니다 뜬눈으로 밤을 밝힙니다

우리 모두 행복한 사회를 만들어야 한다고
난리들인 우리들의 말 공장, 행복 상표를 찍어 냅니다

나도 덩달아 자꾸 찍어냅니다
대리석 복도가 거울처럼 빛나는 우리들의 말 공장.

2부

화엄바다 은갈치 1

광활한 어둠을 찢으며 쉭쉭 날아들던 우파니샤드
그 수많은 창날에 한밤 내내 찔린 바다가 온통 피에
젖었다
이 낭자한 화엄의 바다 위에서
은갈치 떼들은 긴 몸을 뒤틀며 펄떡거리며 몸부림
치고 있다
피로 물들어 버린 이 세상이 더 이상 환해지기 전에
나는 지금 쇠바늘 하나로
이 갈치 떼에게 열반을 강제하는 중이다

계송偈頌도 없이,
선장과 나는 벌써 속으로 돈을 세고 있다.

화엄바다 은갈치 2

격렬하게 파고드는 아가미의 통증이 물고기자리까
지 퍼져나가도
　나는 네 말을 몰라, 너는 언제나 깊은 침묵에 들고

　모질고 질긴 이 줄 하나에, 너와 나의 생이 매달려
함께 몸부림칠 때
　너는 이미 수많은 내게 성자가 되어 있구나

　피거품을 뿜으며 일렁이는 이 바다 위에서.

회고사懷古詞

시퍼런 칼날에 베인 여름꽃의 웃음
아궁이 속에서 활활 타고
눈물 몇 방울에 타던 불 꺼질까 조바심치네
눈감고 귀 기울이면
열두 겹으로 포갠 세상 가없이 넓고
눈 뜨면 대명천지 너무 어두워 아무것도 보이질 않네
노을이 지니 초승달이 이울고
흐르는 물소리는
이끼 앉은 바위 껍질을 깎아 쟁반 위에 올려놓네
동자승 새로 돋은 머리카락 위에
석등이 켜질 무렵
설악雪嶽이 내쫓아 갈 곳 없는 종소리만
온 마을을 헤매네.

청령포 춘설春雪

싸리나무 회초리로 내 등 후려치는
지난겨울

봄꿈에 취해 졸고 있는 나를
번쩍 깨워 놓는다.

잠을 위한 서시序詩

바싹 말라비틀어져서도 고로쇠나무 숨통을 옥죄고 있는
저 칡넝쿨을 보아라

죽어서도 기어이 나무의 살을 파고들고야 마는 넝쿨의 악착같은 힘을
잠에 빠진 이 세상 그 누가 뿌리칠 수 있단 말인가.

길 위의 잠 1

아무리 깨어 있으려 애를 써도 쏟아지는 잠 어쩔 수
없어
　겨울이 다 가도록 바람은 구르기를 멈추고 여기 잠
들어 있다
　조금만 더 지나면 바람의 뇌수는 썩고
　썩은 뇌수에서 흐르는 물은 산속 웅덩이에 처박힌 채
　길 위의 잠만을 재촉할 것이다
　보아라, 눈감고 누워있는 저 바위들의 침묵하는 소
리를
　한때는 그들도 우리의 가슴이 쿵쾅거리도록 포효했
으련만
　지금은 달려가는 구름이 그들의 말을 마구 흔들어
깨워도
　죽어가는 바람의 품에 안긴 채 그저 모르쇠처럼 누
워있을 뿐이다
　산문 앞 돌담 무너진 빈터에서 혼자 흔들리고 있는
　마른 풀잎 한 장조차도 외면한 채.

길 위의 잠 2

깨어진 돌의 뿌리에선 벌써 욕정의 싹이 트고 있다
웅덩이 속 가득 고이는 저 늙은이의 썩은 눈알은
이제 누가 쪼아 먹을 것인가
해동청인가 보라맨가 아니면 장산곶매인가
아서라 잊어라, 벌써 밤이다
어미에게 찾아가야 할 길 잃어버린 채 두려움에 떨
고 있는
저 작은 새들을 위해
이제는 우리 모두 잊어야 할 때가 아닌가
오직 무섭게 끓어오르던 용암의 기억조차 지우려는
바위들의 잠만을 기억할 뿐
뿌리 속에서,
청동빛 녹만 깊어 가는 바위들의 잠.

길 위의 잠 3

기억을 채집 당한 바람의 큰 벽이며 기둥 위에서
노인들은 자꾸 죽어가고
제집을 지어보지 못한 사람들은
세 들어 사는 데 지쳐
세상이 정해준 길을 따라 부지런히 떠돌고 있다
철없는 여름 채소는
온실 속 더위에 제 살던 땅마저 내던져 버렸어도
내 뺨을 갈기고 간 겨울바람을 찾아낸 아버지는
당신의 빈 집에서 홀로 살고 있다
허물어지기 위해,
낡은 삭신 주무르는 아버지의 빈집.

피레네 국경에서 벤야민에게

잘 있거라, 층진 구름만 가득했던 세월아
청초했던 날들아
대지를 달구며 펄펄 끓던 열은 식고
쇳덩이처럼 차갑게
가을의 마지막 빗방울이 손바닥 위에 떨어진다
지난 새벽 추위에 찢긴 삭신이 너무 아파,
해바라기도 꺾인 고개를 들지 못하니
기약을 버리고 체념도 버리고 이제는 너와
헤어져야 할 시간
네가 찍은 영화처럼,
끝내 저 산 혼자 넘지 못하고 시계탑 위에 오래 머물던
마른천둥을 따라가는 나를 보며
늦게 핀 채송화만 초소 옆에서 하얗게 흔들린다.

조고각하 照顧脚下

밤새 도둑이 들었다
전날 몹시 먹은 술 탓에 이는커녕 손발조차 씻지 않
은 채
잠이 들었다가 도둑의 얼굴은 보지도 못하고
내 집에 남겨 놓고 간 발자국만 보았다
마루며 방이며 부엌이며 사방에 찍어 놓은 어지러
운 흙 발자국

나는 아직도 술 탓이라고만 한다

산국山菊

철이 한참 늦어야 피는 너를 고고하다 청아하다 말하지만

네가 만나야 할 벌 나비는 추위가 오기도 전에 다 들어가 버려

진종일 목 빼고 기다려 봐도 개미 새끼 하나 보이질 않네

기품이 있으면 무얼 하나

이제는 잡벌레 똥파리마저 모두 자취를 감추어버렸는데.

관풍헌觀風軒에서

봄여름 내 두견이 울던 나뭇가지에
　오늘은 눈발조차 내려앉지 못해 사방으로 흩어지는
데

　바싹 마른 내 목구멍에선 생침 한 방울 올라오지 않
고,
　이 집 지붕이라도 날려버릴 듯 웬 새 울음이 떼로
들리는가

　이제 그만 멈추어라, 바람!

동남쪽 마을에서 서북쪽 하늘을 보다
― 고봉高峰 화상의 게송에 붙여*

밤하늘엔 은하수 흐르고 별빛은 창날처럼 내리꽂힌
다

바다 밑 진흙 소는 달을 물고 달아나는데 한낮이 겨
운 소 울음은

예나 지금이나 똑같구나

바위 앞 돌 호랑이는 어린아이를 품고 잠이 들었는
데

그 사이를 비집으며 사람만 제각각 하는 말이 서로
다르네.

海底泥牛含月走 巖前石虎包兒眠
고봉 선사의 게송 가운데 한 부분.

* 고봉원묘(高峰原妙) 1238~1295: 중국 남송 말기부터 원나라 초기까
지 살았던 선승. 줄여서 고봉(高峰)이라고 함. 우리나라 간화선의 원
류로 임제종의 선맥(禪脈)을 정통으로 이었다.

어린 소를 파묻고 나서

옆 동네 구제역 때문에 멀쩡한 우리 소가
땅속으로 굴러떨어진다
묻히지 않으려고 고개를 빼든 채 하늘 보며 운다
다리 힘이 풀려
나도 이장 따라 털썩 주저앉았다
올라오려고 기를 쓰다가 수없이 미끄러지는 울음을
구덩이 안으로 모조리 되 밀어붙이는 저 땅차들의 힘
봉분도 없이, 오늘 아침 동네 소 열다섯 마리가 함
께 죽었다
외양간이 빈 마을은 고요하다

갑자기 들리는 뒷집 경운기 발동 소리에
깨질 듯 푸른 하늘.

상실喪失

우르릉거리던 기계음이 우리 집 우물을
통째로 메워 버렸다
일렁임도 없이, 검은빛 바닥에서
조용히 수맥이 솟아
내 심장을 뛰게 하던 그곳
소리치면 작은 메아리만 돌아오던 그 깊은 곳에
어린 나는 얼마나 많은 말을 혼자 쏟아부었던가
우물가 둥근 턱에 허리까지 집어넣고
가만히 귀 기울이면 샘솟는 물소리 대신
숨이 막히도록 고여 있던 그 정지된 소리가
이젠 아주 사라져 버렸다
석축 위에 올라앉은 이끼와 내 메아리가
함께 살던 우리 집 우물
새 주인은 그곳에 주차장을 만들겠다며
쇠기둥을 박고 천막을 크게 둘렸다
제발 건축법 위반으로 걸렸으면 좋겠다.

고통

세끼 밥이 너무 죄스러워 하루 반 끼 정도로 밥을 줄였다 가을에서 겨울까지 한 석 달쯤 지나자 온통 잇몸이 들뜨고 뼈 마디마디가 모두 삐거덕거리기 시작했다 알 수 없는 미열이 온몸을 뒤지며 돌아다녔다 그래도 나를 향한 불화는 더 이상 키워지지 않았다

세상은 벌써 철이 바뀌어 가는데 나는 오르지 못할 산만 망연자실 바라보다가 드디어 길 위에 드러눕고야 말았다 아직도 내 마음속에는 내 몸을 지배하려는 악착이 떠나질 않고 있다.

저녁 종소리

어머니, 지금 어디 계세요
겨울은 이제 춥지도 않고 자꾸 영상으로만 기어 올
라가요
어머니 계시지 않은 집은 너무 지저분해요
방이며 마루에는 먼지가 켜로 쌓이고
나는 그 속에서 어린 새끼와 돼지처럼 뒹굴어요
이제 겨우 길눈이 트이기 시작한 새끼는 온종일
흐린 겨울 속을 흙먼지 바람과 함께 떠돌다가
보라색 파스텔이 짓뭉개버린 도화지 위로 돌아오곤
해요
허기에 지쳐, 알루미늄이 보석처럼 녹아있는 물에
혼자 밥을 말아 먹곤 해요
제가 누워있는 방이 더 캄캄해지면 어린 새끼는
어머니를 찾으며 울다가 쥐새끼 갉아대는 현관 쪽
을 향해
쫑긋 귀를 세우곤 해요
지금 어디 계세요 어머니 돌아오세요

예전 모습이 아니어도 좋아요

어차피 이젠 겨울도 노상 영상인걸요, 뭐

아이는 벌써 잠이 들었어요

씻지도 않고 잠든 얼굴이지만, 저 작은 배는

늘 허기에 지쳐 헉헉대지만

그래도 잠든 아이의 모습은 천사 같아서

무료 급식소 위층 교회에서 보내는 자잘한 노랫소리마저

단박에 잠잠해져요

어머니, 내일이면 오실래요

저 작은 이불 위로 바람 냄새 안고 오셔서

웅크린 새끼 얼굴에 예전처럼 **뺨** 비벼주실래요

봄이면 무덤 속 흰 **뼈**가 아카시아꽃으로 피어나는 우리 어머니.

3부

풍경風磬소리 1

　무위사無爲寺 문밖 초가을 하늘을 힘차게 들여 마시던 물고기, 제 입으로 뿜어낸 뭉게구름 사이를 헤엄쳐 다닌다 흰 물풀 헤치는 소리가 먼 길에 지친 나를 허공 속으로 번쩍번쩍 들어 올린다 마당 어귀의 해바라기들도 한 철을 견뎌낸 기쁨에 떨며 웃고, 절이 싫어 돌아앉은 돌부처도 모처럼 파안대소한다 이럴 때면 와불臥佛도 잠에서 깨어 사타구니에 끼인 늦더위를 연신 부채질한다.

풍경風磬소리 2

그냥 거기 두고나 올걸
저놈 욕심나
우리 집에 들여다 놓은 지 하마 언제인데
여태껏 한 번도 울질 않는다
헤엄치질 않는다
내 손으로 밀치지 않으면
절 문밖에서 내던 초발심조차 내지 않는다
멀뚱한 얼굴로
하냥 매달려만 있는 저놈.

풍경風磬소리 3

　푸른 하늘은커녕 해바라기 여문 꽃씨 한 톨 없는 우
리 집 천장 물고기는
　야윌 대로 야위어 가다가 드디어 마른 북어가 되었다

　무위사 문밖 드넓은 하늘만 그리워하다가 납작해져서
　아주 북어포가 되어 버렸다.

풍경風磬소리 4

찬바람에 찢긴 내 말 흙먼지 이는 길가에 구르고
낙엽은 앞산 바윗돌 냉가슴 위에서 혼자 흔들린다

겨울바람에 쫓겨 사방으로 흩어져 가는 저 말들
일주문 찾지 못해 온통 헤매다니는데
쇠잔해 가는 저녁 햇발 아래 인적 점점 끊어진다

버려진 것들이 어디 너희들뿐이랴
바싹 말라비틀어진 저 풀잎도 추운 오늘 밤
엉엉 울면서 혼자 또 견뎌야 할 텐데

어둠 속으로 뿔뿔이 사라져 갈 내 말들아
부디 오늘 밤 아프지나 말아다오.

풍경風磬소리 5

곱은 손 펴지 못하고 새파랗게 떨고 있는 별빛
공양간 쪽문 안에 모셔다 놓고 동자승 혼자 우는 소
리 들린다

노스님께 받아오다 떨어뜨린 말 찾다가
손발 시려 우는 소리, 쪽문 밖에서 밤새도록 들린다.

그날

긴 장마에
습도가 높아지자 누렇게 뜬 꽃이
툭 떨어졌다

해충에
잎마름병 전염될까 봐
그 걱정만 하다가

힘 풀린 두 눈, 꽃자리에 두고
떠나갔다
평생 단 한 송이만 피는
그 꽃.

송인送人
― 왕유王維 풍으로 K를 보내고

삼월 바람 가득 안고 친구가 왔다
난초가 활짝 피면 함께 여행 가자 했건마는, 하늘이
심술을 부려
우릴 헤어지게 하는구나
가난하고 쓸쓸한 저 비에 명자꽃 싸리꽃 다 떨어져도
바쁜 자네는 소식이 없으려니
이보게, 우리 집 당근밭에 찬 서리 내리기 전에
안부라도 한번 전할 텐가
아니면 함박눈 펄펄 날릴 때 다시 한번 오시려는가

이미 떠난 자네 보내기 싫어
오늘도 저 멀리 비행기 길만 보고 또 본다.

묵언默言

　말을 줄이고 싶어 기를 쓰는 나를 바람이 비웃으며
지나갔다
　밤이 되자 뜰앞의 석등이 불을 밝히고 내게 묵언하
는 법을 가르쳐 주었다

　아침 놀을 되찾을 때까지 침묵이 보내온 말씀을
　혼자 열어보는 법도 함께 가르쳐주었다.

독거노인이 꿈에게 문자질하다
— 도연명 풍으로

자다 깨니 하루가 가고 자다 깨니 한 해가 또 저물
었네
  사는 게 장 그래서, 간밤에도 햇발 좋은 마루에 앉아
  먼 산 바라보는 꿈만 꾸었네

  풍진세상에 굽실대기 싫어 문 닫고 산 지 하마 수십
년
  나 이제 무엇을 더 바라리

  저녁 늦게 물에 말은 찬밥 끓이다 말고
  풀썩, 지는 날이 언제일까 혼자 기다리며 지낸다네.

노산대에 올라 1*

내려다보면 참 아득하다
내 돌아가야 할 길도 막막해 보이는
이곳에 서서
눈 앞에 펼쳐진 한 폭 그림 위에
다시는 보이지 마시라고 빌어나 볼까
녹슨 철망 한 가닥으로 막아놓은
저 절망을
한 뼘 돌 속에 파묻어 놓고
이제 그만 편히 쉬시라고 두 발로 꾹꾹
눌러나 볼까

산산산
모래밭 긴 뺨을 타고 푸른 눈물
하염없이 흐른다.

* 노산대(魯山臺): 영월 청령포(淸泠浦)에 있는 벼랑에 붙인 이름. 폐위
된 단종을 낮춰 부르던 노산군에서 따서 노산대라 불렀다. 어린 단종
은 석양 무렵이면 이곳에 올라 부인이 있는 한양 쪽을 하염없이 바라
보곤 했다고 한다.

노산대에 올라 2
— 당신은 폭포처럼

서강西江 가슴 속 깊이 물든 멍 찢으며

당신께 날 건네주고 사공도 말이 없던 날,

멀리 돌개바람 치솟는 연하리에선 익한益漢*이 토한 피

새빨간 나뭇잎 되어 폭포처럼 쏟아진다.

* 추익한(秋益漢): 추충신(秋忠臣)이라고 부르기도 한다. 한성 부윤(府尹)을 끝으로 영월로 낙향했다. 유배 온 단종이 좋아했던 머루와 다래를 따다가 자주 바쳤다. 어느 날, 영월 계사동 폭포 앞에서 태백산으로 간다는 단종을 만났으나 익선관을 쓰고 백마를 탄 단종이 순식간에 사라졌다. 이를 이상하게 여긴 추익한이 관풍헌에 가보니 단종은 이미 죽은 뒤였다. 주체 못 할 비통함에 추익한은 단종을 만났던 그 자리로 되돌아와 자결했다고 한다. 태백산을 주축으로 하는 일부 민속 신앙에서는 단종, 엄홍도, 추익한을 삼신(三神)으로 모시기도 한다.

자규루 子規樓

자꾸 써 달라고 써서, 풀어 달라고
밤마다 당신은 먹빛 허공 만들어 주지만
나는 절벽 끝 어둠 속으로 수없이 떨어져
혼자 허우적대기만 하다가
눈 떠보면 희부연 물속 당신 모습은 보이지 않고
벌써 아침인가, 내 손엔 끊어진 연줄 한 가닥 잡혀
있지 않네
내 마음속 방패연아 더 멀리 날아라.

낙화암에서 1*
― 금강정

죽어도, 그분과 같은 곳에서 죽을 수는 없어
끝내 여기까지 찾아왔는가
절명 시 한 줄 쓰지 못해 머리칼만 뭉텅 잘라 내려
놓고
주르륵 눈물 흘리던 그 날
스러지던 백제가 차라리 그리웠던가
적 편의 손에 당하지 않으려고 펄펄 떨어지던 궁녀
들이
차라리 부러웠던가
낙화암에 오는 사람들 모두 고란사 물맛만 보고 가
는데
삼천 궁녀 얘기만 하고 가는데
오늘도 당신은 동강東江 가 저 바위 끝에 서고
나는 여기 혼자 앉아서
해 저무는 서강西江 쪽만 하염없이 바라본다.

* 영월 낙화암: 단종이 죽자 그를 모시던 남녀 시종이 모두 이곳에 와 투
  신해 죽었다고 한다.

낙화암에서 2

낙화 지듯
펄럭,
떨어진 자리

겨울바람도 달려와
제 머리 힘껏 부딪치며

쿠루룩
피 흘린다.

우등불

밤하늘로 더 높이 치솟아라
네 손에 별이 닿는 곳까지 타오르다가
화라락, 산철쭉 꽃잎처럼 떨어져라
분노라 말하지 말라
더더구나 정열이라고는 말하지 말라
찬 달빛 소리 없이 산언덕을 넘어올 때
오로지 네 뜨거움만으로 한 마당의 맞불을 놓아라
졸참나무 입으로만 말하는 것이
얼마나 허무한가를 죽어서 보여주어라
너를 살라버린 만큼 밀려나는 어둠을
너, 살아서 보여주어라
오동지 섣달 추위에 온몸 떨며
기껏 전등불 아래서나 무엇을 읽던 자들
네 곁에 둘러서서 고개 떨구는구나
두 손을 비비며 움츠렸던 어깨, 죽지를 펴는구나
미움이 파리한 손가락을 떨며 다가올 때
아무도 흉내 낼 수 없는 너만의 불길로

활활 녹여주어라 활활 태워주어라
솟터를 울리며 지축을 뒤흔들며
우리의 소나무가 거세게 타오른다.

4부

우음 偶吟

세상잡사에 시달리다가
구름산 속
깊이 들어가
옥수수밭을 일구었다

선경仙境인가
사람들은 묻지만

천만에,
내 마음속 자갈밭 갈기가
지옥의 한 철보다
더 힘들다오.

탄금대彈琴臺에서

절벽 아래 꽃 그림자 물에 실려 둥둥 떠내려가고
질펀한 강물 위엔 정적만 깊다
물속 끝까지 들어가 보면 아직 삭지도 못한 뼈들
무수히 깔려 있을 것만 같은데
칼 맞아떨어지던 외마디 소리 금방 들려올 것만 같
은데
오늘은 저 고요 속으로 누가 또 떨어지려는가
말복 날 오후, 지친 잎 흔들던 참매미 울음이
뚝 끊어진다.

상처 1
— 피해자들

늦여름 저녁, 용돈이 없다고 중3 아들이 의붓어미에게 대들었다 분을 못 참은 어미가 소리를 질렀다 아들이 또 대들었다 싸움이 길어지고, 어미는 쉴 새 없이 눈물을 쏟았다

참다못한 할아비가 거꾸로 잡은 빗자루로 마룻장을 내려치며
허공을 향해 소리를 질렀다

알아들을 수 없는 외마디 소리가 짐승의 울부짖음만 같은데 삼 년 전에 죽은 아비 대신, 누렇게 뜬 달이 땡감나무 가지 사이를 지나 마루로 올라왔다 댓돌 건너 대나무 평상 위에 차려진 밥상만 저 혼자 지쳐 간다, 너무 덥다.

곡자사哭子詞

퉁퉁 불은 네 손은 크고 네 주검은 차다
물먹은 운동화 한 짝 강물에서 건져 올리며
나는 네 마지막 이승을 생각해 본다
번개처럼 스치는 그 순간에 너는 무슨 생각을 했을까
부활이었을까 살아온 날들에 대한 회상이었을까
아니면 남아있는 것들에 대한 연민이었을까
뚝방 밑 묵정밭에서는 간밤 내내
하지감자 한 알이 또 여물었는데
물안개 자욱한 이른 새벽,
너를 향한 어미의 기도 소리 다시 들리고
네 사진에서 기어 나온 노랑나비 한 마리
뿌연 하늘 향해 날아오른다
남은 운동화 짝마저 벗어 던지고
천도薦度하는 향불 연기 따라 구불구불 날아오른다.

이월二月

내 마음의 피안으로 올라가는 수문水門의
얼음장 밑에서
말갛게 씻긴 풀뿌리 흔들린다

햇살은 얇은 얼음장 뚫으려 내려꽂히고
꽂힌 햇살은 허공으로 다시 튀어 오른다
흔들리는 물살 따라
송사리 몇 마리, 흰 풀뿌리 사이를 드나든다

겨울을 견뎌낸 것들이 어디 너희들뿐이랴
흐르는 물처럼, 우리네 살아감도 오늘은 얼음장 얇
게 녹이며
졸졸졸 흘러가는데

나는 이 시냇가에서 새끼 고기 몇 마리나 키워보았
는지
물풀 몇 가닥이라도 키워보았는지

햇빛 푸른 하늘에는 흰 구름 몇 점 둥실 떠가고
식구들을 위해 겨우내 폭설을 걱정하던 어미 새 한
마리
오늘은 들판을 가로질러 멀리까지 날아간다.

딸 1

열두 살이 넘도록 어미 얼굴 모르고 사는 딸애를 보면
문득 사랑이란 말이 떠오른다
풀 먹인 옥양목 옷깃처럼 살아온 아이의 세월
일요일이면 열심히 교회에 나가기도 하지만
작은 손 모으고 참한 기도드리기도 하지만,
우리 집 울리고 가는 저 기침 소리는 교회도 고쳐주지 못해
피 토하듯 들리는 아이의 바튼 기침 소리

쪽마루 길게 건너와 잠 못 드는 아비 가슴에 꽂힌다
비수처럼 날아와, 꽂힌다.

난폭한 적막

원격조정 단추를 잘못 밟자 이내 폭발이 일어나고
기계의 청각이 죽어버렸다
소리가 사라진 화면 속에서 형형색색 수많은 선線이
서로 직진하다가 교차하다가 번쩍, 충돌한다
폭죽처럼 터지는 섬광들
그 사이를 뚫고 또 다른 직선 다발들 무수히 뻗어
나간다

난폭한 저 적막 위로 노란 초사흘 달이 떠올랐다
산 자가, 그걸 보았다.

회한悔恨
— 임재범의 '아버지 사진'에 붙여

어미의 부탁으로
나이보다 일찍 학교에 간 초딩에게
산만하다고 매질을 했다

산만하게 기른 건 아비와 어미인데, 휴일 아침부터 아이는
느닷없이 횡액을 당한 것이다

저녁 무렵 둘이 손잡고 외출하면서 물었다
얘야, 아빠가 죽었으면 좋겠지?
아니요
공부하라고 너를 때리고 괴롭혔는데도?
우린 가족이잖아요
가족은 죽으면 안 되나?
네, 가족이니까 함께 오래 살았으면 좋겠어요

소파 위에서 혼자 놀다가 잠이 든 저 초딩이

매타작하는 아비 꿈이라도 꾸는 걸까
자꾸 몸 부르르 떤다.

울력

천왕문 속 사천왕은 저 좁은 목책 안에 갇혀 있어도 어깨며 눈이며 심지어 입속의 혓바닥까지 먼지에 뒤덮인 채 서 있어도, 천년을 하루같이 눈 부릅뜬 채 요괴의 머리통을 두 발로 짓누르며 서 있다.

도피안사到彼岸寺 26

내 참, 기가 막혀서
태양 빛이 뻔하니까 이것들이
고마운 줄을 모른다니까
앞뜰의 느티나무에게 저녁밥 공양이 너무 적다고
속상해하시던 철불이
일주문 밖에서 얼찐대던 나를 흘낏 보더니
갑자기 시침 뻑, 떼고 실비 내리는 앞산 똥간만
무연이 바라본다.

김삿갓 풍으로
— 불초不肖

못난 새끼들 때문에
평생 고독하게 사시더니
동무 하나 없이
거의 유폐된 채 사시더니
명절에도 혼자 계시네

어머니,
명부冥府에선 친구들 많이 사귀셨나요.

꿈

광활한 눈벌판을 간다
나무 한 그루 풀 한 포기 보이지 않는 이 눈밭 길
아무리 걸어도 힘들지 않고
앞으로 나아갈 때마다 발자국 구멍만 점점이 남는다
회색빛 한낮은 점점 기우는데
내 뒤를 따라올 사람도
마중 나올 사람도 없는 이 멀고도 먼 길을
마음 편히 허허롭게 쉬지 않고 간다
영화를 찍듯, 혼자 걸어가는 나를
또 다른 내가 멀리서 보고 있다
어디까지 가야 이 꿈 끝이 날까.

후기後記

이룬 것 하나 없이 평생 실험만 하다 끝났다. 그래도 별 미련은 없다. 이것도 내 인생이니까. 어려서부터 지금까지 나와 함께 산 고독이 나를 키우거나 혹은 죽여버렸다. 나이 탓인가, 갈수록 존재와 부재不在 또는 무無에 얽힌 문제를 자주 생각해 보지만, 알 길은 더욱 막막하기만 하다. 그래도 내 평생 화두는 여전히 허무와 고매한 불화다.

유교와 불교 그리고 우리의 민속은 내 습성이나 가풍家風, 내 학문과 지식에 음으로 양으로 깊이 들어와 박혀있다. 철이 좀 들어서는 노장老莊까지 내 인생과 사유체계에 영향을 끼쳤다. 특히 우주를 처음 접했던 중학교 1학년 어느 가을날, 바로 그날부터 허무는 내 평생을 점령해 버렸다.

이런 여러 영향 때문이겠지만 어찌어찌하다 보니 10대 중반엔 세네카, 마르쿠스 아우렐리우스, 홍자성

같은 이들을 좋아하게 되었다. 국내외 시인 중에 10대 후반에 좋아했던 사람을 한둘만 꼽아보라면 라이너 마리아 릴케와 T. S. 엘리엇이다. 그땐 기독교 성경도 참 좋았다. 일체의 말을 멈춘 채, 정지된 행위로만 드러나는 기독교의 묵상은 어린 내게 얼마나 큰 울림을 주었던가. 그것은 마치 깊은 우물 같았다.

나이가 좀 들어서는 사실과 표현 또는 추상을 다룬 예술이나 자연과 생태를 다룬 인문 철학이 좋았다. 융이나 니체도 좋았고 그걸 형상화한 헤세도 좋았다. 이는 시대의 흐름을 따라간 측면도 있다. 굴원의 초사를 처음 읽었을 때, 온몸에 소름이 돋고 머리카락이 전부 일어서는 것 같던 느낌은 지금도 잊을 수 없다. 이 무렵 김수영이 자기 시에 하이데거를 쓴 걸 보고 혼자 열락悅樂에 빠진 적도 있다(지금 생각해 보면 그때 내가 하이데거를 알면 얼마나 알았겠는가. 그나마 나중에 좀 알았던 것도 이젠 다 까먹어버렸지만). 그러나 앙드레 부르통이 접신한 여자를 만나서 썼다는 '나자'는 상당히 힘들게 읽었다. 윌리엄 포크너는 그 후에 읽은 거라 그랬는지 '나자'보다는 나았다. 그게 초현실주의와 모더니즘의 차이였는지, 아니면 내 나이의 차이였는지는 잘 모르겠지만.

더 나이가 들자, 동서양의 고전과 불교 경전이 나를 다시 붙들었다(이건 어려서부터 내 안에 잠들어 있던 유불선과 전통 민속 그리고 세월과 함께 자라온 내 의식과 인식이 한꺼번에 뭉뚱그려서 튀어나온 현상인지도 모른다. 이걸 조금 분석적으로 말한다면 어설픈 '개성화'이거나 '자기'를 향해 조금씩 나아가는 모습이었다고나 할까). 이 세상의 모든 경전이 다 그렇긴 하지만 특히 불교 경전은 그 깊이를 가늠할 수가 없다. 적어도 내겐 그렇다. 그렇다고 다윈이나 리처드 도킨스가 싫다는 뜻은 아니다.

문장은 산문과 운문으로 나뉜다. 문장을 불교 쪽에 놓고 보면 산문은 교敎와 한 짝이고 운문인 시는 선禪과 짝을 이루니, 시와 선은 여러모로 흡사하다. 선은 마음을 가라앉혀 깊이 침잠沈潛시킨 뒤 언어를 끊어버린 상태로 나아가려고 한다. 다시 말해 내가 언어로 입혀놓은 관념이나 정념의 옷을 모두 벗겨버리고, 알몸을 드러낸 채 서 있는 나를 있는 그대로 보려고 한다(나중엔 나라는 존재조차도 사라져 버리겠지만).

따라서 선은 수행자의 실천적 사유 행위이자 그가

찾아가려는 도道의 길이다. 이걸 불가에서는 체로금풍
體露金風에 비유한다. 시를 쓰는 것도 이와 별반 다르지
않다. 침잠을 통해 내면을 객관화하려는 노력, 근원에
대한 깊은 사유와 성찰, 목적(화평과 행복)을 향해 나
아가는 행위는 시와 선이 거의 같다. 그러나 시는 선
과 다르게 언어를 통해 완성을 보려 한다. 따라서 관
념과 정념(추리, 분별, 판단, 공포, 욕망 등)을 꼭 배
제하지는 않는다. 이게 시와 선의 차이다.

시간과 전파는 모두 무정하다. 둘 다 실재하는 현상
이라지만 우리의 오관五管은 이를 전혀 알아채지 못한
다. 그저 우리끼리 정해놓은 기준과 그 기준에 맞게
만들어 놓은 기계장치에 의지해서, 간접 인식이나 할
뿐이다('시간은 허구'라는 말에는 이런 의미 하나가 더
들어있다). 방송국에서 송신한 전파는 다시는 돌아오
지 못할 일방통행로를 따라가다가 죽는다. 거기에 실
려 가는 말도 그렇다. 하지만 레이더가 송신한 전파는
물체(대상)에 부딪쳐서 되돌아온 반사파가 화면에 나
타난다. 그 화면을 보고 우리는 대상을 식별하고 판단
한다.

우리의 인식 작용도 이와 같다. 전파는 감각기관이

고 화면은 인식이다. 식별은 화면을 보고 내리는 판단
이다. 집단이 미리 약속해 놓은 암호이자 구조적 언어
체계다. 언어의 껍질일 수도 있고 페르소나이거나 무
의식의 발현일 수도 있다. 판단이 개입하는 순간 인식
은 주관적이며 감정이 개입하기에 몹시 개별적이다.[*]

감각과 인식, 인식과 식별(판단) 사이에는 경계가
있고 변환 과정이 있다. 이는 레이더에서 송신한 반사
파가 화면에 나타나려면 전자적 변환 과정을 여러 번
거쳐야 하는 것과 같다. 화면과 식별은 보는 이의 관
점에 따라 그 자체가 허상 또는 허구이거나 야바위치
는 사기라고 생각할 수도 있다. 시간도 마찬가지다.

내 말을 두고 사변적이라고 할진 모르겠으나, 사유
와 인식의 궁극적 목표는 은산철벽銀山鐵壁 같은 시간
을 허물어 버리거나 넘어서려는 데 있는지 모른다. 그
리고 그 너머에서 존재의 궁극을 만나고픈 간절함에
있는지도 모른다. 설령 그 너머가 무無나 허虛조차 사

* 식별과 판단은 추측에서 시작되는데, 추측은 불안에서 올 때가 많다. 불
  안은 공포를 불러오고 불안과 공포는 욕망(행위)을 자극한다. 욕망은 존
  재의 발전을 모순적으로 추동한다. 그러나 불안이나 공포는 그 실체가
  없다.

라진 언어 밖의 세상이라 할지라도. 물론 이런 생각은 존재론적 인식이 촉발한 허무와 불화에서 기인한 것이지만.

이처럼 인식은 대상을 전제로 일어나는 현상이자 반작용이다. 예술을 포함한 모든 창작물은 작가의 의식과 인식이 만들어 낸 결과물이다. 시도 마찬가지다. 누구나 자주 하는 말이지만 관찰과 사색, 심리적 거리두기는 글쓰기의 기본이다(내 시가 꼭 그런지는 잘 모르겠다). 이는 앞에서 잠깐 언급한 것처럼 객관화를 뜻한다. 혹자는 작가가 자신을 객관화하는 게 가능하냐며 반발할 수도 있다. 하지만 객관화라는 내 말 속에는 주관적 인식이라는 의미가 이미 내포해 있음을 이해해 주면 좋겠다(여기서 말한 인식은 식별과 판단을 포함한다).

좋은 글은 작가의 삶이나 직접경험에서도 나오지만, 상상이나 관념 또는 간접경험에서도 나온다. 내 꿈은 물론이고 남의 꿈이나 무의식적 행동에서도 좋은 글감을 얻는다. 그러니 글을 쓴 작가와 작품 속의 화자話者를 매양 동일시하거나 같은 인물로 단정 짓는 일은 이제 그만 멈추시기를.

그런데, 이런 식으로 남의 생각을 내 의지와 맞게 강요하려 든다면 나야말로 편협한 인간은 아닐까. 아무리 근기根器 따라 보이는 게 대상이라 해도, 다시 보면 다 거기서 거기일 뿐이잖은가. 또 어떻게 살든 그 이들이나 나나 다 똑같은 인생 아닌가. 오히려 나는 그 이들보다 훨씬 못할 수도 있다. 이건 역지사지易地思之로 몇 번을 되 뒤집으며 생각해 보아도 똑같다. 그래서 사는 건 가해와 피해의 연속이고 상처의 연속인 모양이다. 하물며 못다 이룬 첫사랑에서랴. 그것이 지닌 의미가 세속이든 종교든 진리든 상관없이 말이다.

현실과 실천이라는 세속적 주제와 불교적 사유와 참선이라는 형이상학적 주제를 연작시 형태로 처음 쓴 게 내 두 번째 시집이다(물론 첫 시집에서 그 일단을 조금 보이긴 했지만). 이 두 번째 시집이 나오면서 우리나라 시단에는 불교적 사유를 시의 소재나 주제로 삼는 바람이 한동안 불었다. 말하자면 시단의 역사나 유행에 잠시나마 한 획을 그은 셈이다. 하지만 이런 문제를 한두 사람 외에는 아무도 주목하지 않았다. 그래서 여기에 내 작은 흔적이라도 남겨 두는 게 그나마 좀 위안이 될 것 같아 잠시 내 얘기를 했다. 결코 자랑을 늘어놓으려는 의도가 아님을 독자들께서는 꼭 헤아려 주시면 좋겠다(안덕상 지음, 이유출판사

발행 '내 맘대로 읽은 책' 머리말에서 부분 인용).

사람은 사는 동안 참 많은 변화를 겪는다. 언어도 그중 하나다. 창작은 작가가 그 시점까지 이끌어 온 사유의 흔적이자 인식의 종착점이다. 사유와 인식은 그 사람이 접해온 주변의 영향을 받으며 넓어지거나 쪼그라든다. 나도 그렇다. 이런 영향과 변화는 그 사람이 살면서 거쳐온 세월, 즉 시간과 관계가 깊다.

나는 내 시에 쓴 언어가 어떻게 변화하는지 나에게 내보이고 싶었다. 이는 사실이나 현상이 관념을 어떻게 변화시키는지, 또 관념은 사실과 현상을 어떻게 끌어안고 있는지에 대한 의문과 궁금증이기도 하다. 이런 것을 드러내는 형상화의 문제, 또 언어라는 문제도 여기에 덧붙여 함께 생각해 보고 싶었다. 말하자면 내 의식이 보는 관점과 전망을 이리저리 이동해 가면서 혼자 해본 실험이 내 시였다고나 할까. 글을 쓸 때는 늘 절실하고 진실하고자 했다.

허무에서 피어난 고매한 불화는 한 인간의 내적 혁명을 통해 세상을 비선형적非線型的으로 발전시킨다. 언어와 표현은 불화의 총체다. 사유와 인식은 이런 불화의 밑바닥을 들여다보려는 시도이자 참말을 찾으려는 염원이다. 이 또한 집착일지는 모르겠지만.

언어는 발화發話와 침묵, 두 가지로 나뉜다. 이는 표현의 외연과 내면을 대변한다. 언어를 일러 선험적이라고 말한 이도 있고, 생활이나 행동(행위)이 먼저 있고 나서 뒤따라오는 것이 언어라고 주장한 이도 있다. 비트겐슈타인은 언어의 본질은 단어나 낱말의 뜻에 있는 게 아니라 그 사용에 있다는 말도 했다. 다 알다시피 그는 말할 수 없는 것에 대해서는 침묵하라는 말도 했다.

언어는 협소하고 불완전하기 짝이 없다. 따라서 늘 불안하다. 그러나 우리는 언어를 버릴 수 없다. 인식의 출발도 언어요 식별이나 판단도 언어라 그렇다. 가르침과 배움은 물론, 사유도, 기록도, 약속과 전달도, 해석이나 해명도 모두 언어라서 그렇다. 따라서 언어의 세상이야말로 모순투성이의 세상이다. 하지만 낯선 것들이 일으키는 무수한 충돌, 그 막막한 절망 속에서 완성을 찾아가는 '고매한 불화'의 세상이기도 하다. 시와 예술도 이와 같다.

모든 예술과 창작은 언어다. 설령 그것이 비언어적이라 해도 그렇다. 작가가 자기 내면에서 수없이 주고받은 언어의 결과가 비언어적 창작물이라 그렇다. 위에서도 말했듯이 의식과 인식은 언어를 전제로 하거나 매개로 한다. 언어를 단번에 잘라버린 직관이나 본능도 있지 않느냐고 반문할 수 있다. 하지만 직관과 본능으로 끊어낸 그 속을 다시 들여다보면, 이제 막 발아하려는 참말이 새싹처럼 눈을 뜨고 있지 않은가.

언어는 소통을 방해한다. 발화자發話者의 본심을 갈가리 찢어 놓을 때가 수없이 많다. 제 본심을 표현하려고 언어는 무수히 죽고 또 새로 태어나지만 제대로 성공한 적이 없다. 이게 언어가 지닌 숙명이자 한계다. 그 사용도 마찬가지다. 그래서 옛사람들은 마음을 표현하기란 어렵고 어려우니 한없이 어렵다고 했던 모양이다. 혹 상대의 마음을 서로 안 다 해도 그것은 오직 이심전심以心傳心 심심상인心心相印으로나 가능할 뿐, 그걸 완전히 드러낼 길은 없다.

무의식은 의식을 조종하고 언어의 방해로 소통이 막혀버린 나는 길고 긴 꿈을 꾼다. 꿈은 의식의 세계를 지나 무의식의 바다를 향해 끝없이 떠내려간다. 그

길에서 과거를 건져 올리며 죽음을 호명한다. 산 것도 아니고 죽은 것도 아닌 나를 또 다른 내가 무심히 응시하고 있다.

잠에 빠진 자들은 눈이 없는 자들. 잔설殘雪 위에 혼자 피를 쏟던 이월二月이 뿌리째 쓰러지는 것도 모른 채, 그저 지나간 시절만을 그리워할 뿐이다. 눈이 둘인 이유는 하나는 밖을, 다른 하나는 안을 보려 함이라는데 송곳으로 제 눈을 찔러 안팎을 일목요연一目瞭然하게 보려던 그는 지금 어디 있는가.

문턱은 얼마나 많은 망설임과 결단이 쌓이고 또 쌓인 곳이란 말인가. 입멸入滅과 재생, 우울과 환희, 소란과 고요, 이승과 저승, 집단과 개인이 모두 여기서 갈라진다. 이곳에서는 개인조차도 수없이 분열한다. 모든 망설임과 결단은 침묵 속에서 덧쌓여 가고, 한번 건너면 다시는 돌아오지 못할 이 문턱을 존재는 운명과 함께 넘어가고 또 넘어간다.

침묵은 개별적 언어. 패러다임이 바뀐 또 다른 형태의 언어다. 존재하지만 존재하지 않고 누구나 다 알고 있지만, 이 세상 그 어디에서도 만질 수 없는 말. 가장

가까이 있으나 무한히 멀고, 바위보다 무겁게 닫혀 있지만, 깃털보다 가볍게 열려 있다. 텅 빈 허무와 터질 듯한 충만을 동시에 품고 있는 침묵은 고매한 불화의 시작이고 그 끝이기도 하다. 때로는 비겁을 대신하기도 하지만, 시공時空을 뛰어넘으며 침잠과 고요를 불러오고 소란과 이산離散을 거부한다. 성찰을 동반하고 본심이 찢긴 발화자와 그 상처에 들뜬 상대의 내면을 가라앉힌다. 침묵은 도취의 언어, 그리고 궁극의 언어. 얼마나 순수하고 위대한 말씀인가.

근현대를 아울러 우리나라의 혁명 시인 가운데 으뜸은 단연 만해卍海 한용운과 육사陸史 이원록이다. 진보를 대표할 문인은 정조 때 문체반정文體反正으로 이름을 알린 문무자文無子 이옥과 난고蘭皐 김병연 그리고 이상李箱 김해경을 꼽을 만하다. 여성은 황진이와 허난설헌許蘭雪軒이라 부르는 허초희이다. 황진이는 개성의 송도삼절松都三絶이고, 난설헌은 허균의 누나인데 시문詩文으로 중국과 일본을 뒤흔든 사람이다(이 두 분을 근대로 분류하는 건 무리다).

이옥李鈺은 연암 박지원 등과 함께 그동안 써오던 문체에 반항하면서 새로운 글쓰기의 바람을 일으켰다.

이 유행을 훗날 평가한 말이 문체반정이다. 정조는 당송시대를 따르는 게 올바른 글쓰기라고 고집했다. 그런데 일부 식자識者들이 이를 버리고 명청시대의 듣보잡이나 쓰는 나쁜 문장을 써서 세상을 어지럽혔다. 왕이 이것을 원래대로 바로 잡았다. 대략 이런 뜻으로 정리한 말이 문체반정이다. 이옥은 이 일로 치욕을 겪었다. 하지만 연암 박지원 등과 달리, 끝내 자기의 문체를 굽히지 않다가 나중엔 벼슬길까지 평생 닫아버렸다.

김병연은 김삿갓이라는 별명으로 더 많이 알려진 사람이다. 그는 성리학이 폭압적으로 지배하던 조선조 후기에 대자유를 실천했던 독보적 인물이다. 도연명은 집으로 돌아가기를 권했지만 김병연은 세상을 혼자 떠돌다 객사했다. 그는 시가 지닌 전통적 구조와 경계를 무수히 깨뜨리고 허물어 버렸다. 그래서일까, 김삿갓의 시는 포스트모던하고 쓸쓸하다.

동학 농민운동에도 참여했던 만해는 충남 홍성 출신이다. 그는 조선의 독립은 물론이고 우리 불교를 일본불교로 바꾸려는 일제의 강압에 강력하게 저항했던 사람이다. 동시에 우리 불교를 개혁하려는 노력도 참

많이 했다. 그는 해외 독립운동의 실태를 보려고 만주와 연해주, 하바롭스크 일대를 돌아다녔다. 그러다가 현지 한인들이 그를 일제의 앞잡이로 오해하는 바람에 총을 맞고 죽다 살아난 적도 있다. 불교의 철학과 사유를 자연에 녹여낸 그의 시는 깊고 아름답다.

퇴계의 후손 이육사는 장거리 비밀임무를 수행하던 독립군 장교다. 생전에 그는 중국에서 국내를 거쳐 만주까지 오가야 하는 임무를 늘 혼자 수행했다. 목숨을 담보로 이런 비밀임무를 홀로 수행한다는 것은 긴장과 고립에서 오는 지독한 외로움을 수반한다. 꼭 그래서만은 아니지만, 그의 시는 비장하고 고독하다. 이상의 시는 갓 잡아 올린 생선처럼 지금도 여전히 펄떡거린다. 추상성이 강한 그의 시는 아마 앞으로도 그럴 것이다.

황진이와 난설헌은 16세기 사람이다. 이옥은 18세기 사람이고 김병연은 19세기 사람이다. 만해는 19세기와 20세기에 걸쳐 있으며 이상과 이육사는 20세기 초중반 때 사람이다. 나는 이 케케묵은 사람들에게조차도 못 미치다가 갈 터이니, 그걸 생각하면 그저 자괴감만 든다.

돌이켜보면 불효막심이라는 말보다 내게 더 잘 어울리는 말은 없을 듯하다. 단종이나 김삿갓처럼 남의 집 가문에 관한 일은 미친 듯이 써대면서 내 선대에 대해서는 한 번도 제대로 쓴 적이 없으니 말이다. 그랬던 인간이 이제 와 초라한 제 글 몇 쪼가리나 남기려 한다는 게 무슨 의미가 그리 있단 말인가. 선대께 참으로 부끄럽고 송구하다. 자식들에게 물려 줄 게 없어 알량한 내 책 몇 권을 통해 자부심이라도 품어주길 바라는 나는 또 누구인가. 젊었을 땐 돈보다 자부심이나 자존심이 더 큰 거라며 악을 썼는데, 지금은 어떤 게 나인가.

컴퓨터만 믿다가 모아둔 글을 한순간에 다 날려 먹었다. 그 생각만 하면 지금도 열불이 난다. 하지만 어쩌랴, 이 또한 나인 것을. 날아가 버린 그 글 가운데 여기저기서 일부 찾아낸 시와 그 후에 새로 쓴 시를 한데 모아 이 책을 묶었다. 이미 발표한 시 가운데 한두 편은 새로 쓰거나 고쳐서 올려놓기도 했다.

내가 이 세상에 품고 온 참말은 나의 내면 깊은 어딘가에 잠들어 있을 것이다. 나는 그 말을 찾아내 흔들어 깨우기는커녕, 일상의 언어조차 변변히 구사하지 못한 것 같아 자꾸 걱정이 앞선다. 이수익 선생께서 나를 추천했을 때는 좋은 시인이 되기를 바랐을 텐데, 천성이 게으른 데다 한 눈까지 파는 바람에 기대에 부응하지 못했다. 참으로 죄송하고 면구스럽다. 그러나 이 또한 스스로 저지른 일이니 이제 와 누굴 탓하리. 그동안 머리와 입으로는 버려야 한다고 수없이 되뇌며 살아왔다. 그러나 단 하나도 제대로 버리지 못한 채 아직도 세상에 꺼둘리며 사는 나는 비참하다. 그러나 어쩌랴, 이 또한 나인 것을.

나이가 더 많이 들면서 바깥출입이 줄었다. 모처럼 약속이 생기면 설레어 며칠씩 잠을 못 잔다. 마치 소풍 가는 어린애 같다. 그러다가 나가면 들어오기 싫고 들어오면 나가기 싫다. 만나면 헤어지기 싫고 헤어지기 싫어서 만나기 싫다. 남들은 그게 살아있는 증거라고 할지 모르겠지만, 이러는 나는 혼자 외롭고 슬프다. 사실 문 닫고 살아보면 그 속에서 느끼는 즐거움도 있고 나 혼자만 아는 기쁨도 많다. 하지만 그 이면에는 거실의 벽과 벽지처럼 도저히 떼어낼 수 없는 이런 모습도 함께 붙어있기에 나는 내가 버겁고 싫다. 그러나 어쩌랴, 이젠 그마저도 그저 받아들이는 수밖에. 대신 언젠가 죽게 되면 다시는 태어나지 말기를.

　지금까지 나는 이 시집에 담긴 내 생각의 일부를 졸가리 하나 없이 중언부언했다. 내 인생살이가 시와 함께 얽히게 된 소회도 함께 털어놓았다. 한참 떠들다가 문득 뒤돌아보니 참으로 놀랍다, 아직도 내 속에 이렇게 많은 내가 우글거리고 있다는 게. 마치 한여름 똥통 속의 구더기 떼 같다. 내가 살아있는 한 절망에서 피어난 허무와 불화는 이렇게라도 계속될 모양이다.

황금알 시인선

01 정완영 시집 | 구름 山房산방
02 오탁번 시집 | 손님
03 허형만 시집 | 첫차
04 오태환 시집 | 별빛들을 쓰다
05 홍은택 시집 | 통점痛點에서 꽃이 핀다
06 정이랑 시집 | 떡갈나무 잎들이 길을
　　흔들고
07 송기홍 시집 | 흰뺨검둥오리
08 윤지영 시집 | 물고기의 방
09 정영숙 시집 | 하늘새
10 이유경 시집 | 자갈치통신
11 서춘기 시집 | 새들의 밥상
12 김영탁 시집 | 새소리에 몸이 절로 먼 산
　　보고 인사하네
13 임강빈 시집 | 집 한 채
14 이동재 시집 | 포르노 배우 문상기
15 서　량 시집 | 푸른 절벽
16 김영찬 시집 | 불멸을 힐끗 쳐다보다
17 김효선 시집 | 서른다섯 개의 삐걱거림
18 송준영 시집 | 습득
19 윤관영 시집 | 어쩌다, 내가 예쁜
20 허　림 시집 | 노을강에서 재즈를 듣다
21 박수현 시집 | 운문호 붕어찜
22 이승욱 시집 | 한숨짓는 버릇
23 이자규 시집 | 우물치는 여자
24 오창렬 시집 | 서로 따뜻하다
25 尹錫山 시집 | 밥 나이, 잠 나이
26 이정주 시집 | 홍등
27 윤종영 시집 | 구두
28 조성자 시집 | 새우깡
29 강세환 시집 | 벚꽃의 침묵
30 장인수 시집 | 온순한 뿔
31 전기철 시집 | 로깡땡의 일기
32 최을원 시집 | 계단은 잠들지 않는다
33 김영박 시집 | 환한 물방울
34 전용직 시집 | 붓으로 마음을 세우다
35 유정이 시집 | 선인장 꽃기린
36 박종빈 시집 | 모차르트의 변명
37 최춘희 시집 | 시간 여행자
38 임연태 시집 | 청동물고기
39 하정열 시집 | 삶의 흔적 돌
40 김영석 시집 | 거울 속 모래나라
41 정완영 시집 | 詩菴시암의 봄
42 이수영 시집 | 어머니께 말씀드리죠
43 이원식 시집 | 친절한 피카소
44 이미란 시집 | 내 남자의 사랑법法
45 송명진 시집 | 착한 미소
46 김세형 시집 | 찬란을 위하여
47 정완영 시집 | 세월이 무엇입니까
48 임정옥 시집 | 어머니의 완장
49 김영석 시선집 | 모든 구멍은 따뜻하다
50 김은령 시집 | 차경借景
51 이희섭 시집 | 스타카토
52 김성부 시집 | 달항아리
53 유봉희 시집 | 잠깐 시간의 발을 보았다
54 이상인 시집 | UFO 소나무
55 오시영 시집 | 여수麗水
56 이무권 시집 | 별도 많고
57 김정원 시집 | 환대
58 김명린 시집 | 달의 씨앗
59 최석균 시집 | 수담手談
60 김요아킴 야구시집 | 왼손잡이 투수
61 이경순 시집 | 붉은 나무를 찾아서
62 서동안 시집 | 꽃의 인사법
63 이여명 시집 | 말뚝
64 정인목 시집 | 짜구질 소리
65 배재열 시집 | 타전
66 이성렬 시집 | 밀회
67 최명란 시집 | 자명한 연애론
68 최명란 시집 | 명랑생각
69 한국의사시인회 시집 | 닥터 K
70 박장재 시집 | 그 남자의 다락방
71 채재순 시집 | 바람의 독서
72 이상훈 시집 | 나비야 나비야
73 구순희 시집 | 군사 우편
74 이원식 시집 | 비둘기 모네
75 김생수 시집 | 지나가다
76 김성도 시집 | 벌락마을
77 권영해 시집 | 봄은 경력 사원
78 박철영 시집 | 낙타는 비를 기다리지
　　않는다
79 박윤규 시집 | 꽃은 피다
80 김시탁 시집 | 술 취한 바람을 보았다
81 임형신 시집 | 서강에 다녀오다
82 이경아 시집 | 겨울 숲에 들다

83 조승래 시집 | 하오의 숲
84 박상돈 시집 | 와! 그때처럼
85 한국의사시인회 시집 | 환자가 경전이다
86 윤유점 시집 | 내 인생의 바이블 코드
87 강석화 시집 | 호리천리
88 유 담 시집 | 두근거리는 지금
89 엄태경 시집 | 호랑이를 탔다
90 민창홍 시집 | 닭과 코스모스
91 김길나 시집 | 일탈의 순간
92 최명길 시집 | 산시 백두대간
93 방순미 시집 | 매화꽃 펴여 오것다
94 강상기 시집 | 콩의 변증법
95 류인채 시집 | 소리의 거처
96 양아정 시집 | 푸줏간집 여자
97 김명희 시집 | 꽃의 타지마할
98 한소운 시집 | 꿈꾸는 비단길
99 김윤희 시집 | 오아시스의 거간꾼
100 니시 가즈토모(西一知) 시집 | 우리 등 뒤의 천사
101 오쓰보 레미코(大坪れみ子) 시집 | 달의 얼굴
102 김 영 시집 | 나비 편지
103 김원옥 시집 | 바다의 비망록
104 박 산 시집 | 무야의 푸른 샛별
105 하정열 시집 | 삶의 순례길
106 한선자 시집 | 울어라 실컷, 울어라
107 김영철 어린이시조집 | 마음 한 장, 생각 한 겹
108 정영운 시집 | 딴청 피우는 여자
109 김환식 시집 | 버팀목
110 변승기 시집 | 그대 이름을 다시 불러본다
111 서상만 시집 | 분월포芬月浦
112 잇시키 마코토(一色真理) 시집 | 암호해독사
113 홍지헌 시집 | 나는 없네
114 우미자 시집 | 첫 마을에 닿는 길
115 김은숙 시집 | 귀띔
116 최연흥 시집 | 하얀 목화꼬리사슴
117 정경해 시집 | 술항아리
118 이월춘 시집 | 감나무 맹자
119 이성률 시집 | 둘레길
120 윤범모 장편시집 | 토함산 석굴암
121 오세경 시집 | 발톱 다듬는 여자
122 김기화 시집 | 고맙다
123 광복70주년,한일수교 50주년 기념 한일 70인 시선집 | 생의 인사말
124 양민주 시집 | 아버지의 늪
125 서정춘 복간 시집 | 죽편竹篇
126 신승철 시집 | 기적 수업
127 이수익 시집 | 침묵의 여울
128 김정윤 시집 | 바람의 집
129 양 숙 시집 | 염천 동사炎天 凍死
130 시문학연구회 하로동선夏爐冬扇 시집 | 안개가 자욱한 숲이다
131 백선오 시집 | 월요일 오전
132 유정자 시집 | 무늬
133 허윤정 시집 | 꽃의 어록語錄
134 성선경 시집 | 서른 살의 박봉 씨
135 이종만 시집 | 찰나의 꽃
136 박중식 시집 | 산곡山曲
137 최일화 시집 | 그의 노래
138 강지연 시집 | 소소
139 이종문 시집 | 아버지가 서 계시네
140 류인채 시집 | 거북이의 처세술
141 정영선 시집 | 만월滿月의 여자
142 강홍수 시집 | 아비
143 김영탁 시집 | 냉장고 여자
144 김요아킴 시집 | 그녀의 시모노세끼항
145 이원명 시집 | 즈믄 날의 소묘
146 최명길 시집 | 히말라야 뿔무소
147 시문학연구회 하로동선夏爐冬扇 시집 2 | 출렁, 그대가 온다
148 손영숙 시집 | 지붕 없는 아이들
149 박 잠 시집 | 나무가 하늘뼈로 남았을 때
150 김원옥 시집 | 누군가의 누군가는
151 유자효 시집 | 꼭
152 김승강 시집 | 봄날의 라디오
153 이민화 시집 | 오래된 잠
154 이상원李相源 시집 | 내 그림자 밟지 마라
155 공영해 시조집 | 아카시아 꽃숲에서
156 미즈타 노리코(水田宗子) 시집 | 귀로
157 김인애 시집 | 흔들리는 것들의 무게
158 이은심 시집 | 바닥의 권력
159 김선아 시집 | 얼룩이라는 무늬
160 안평옥 시집 | 불벼락 치다
161 김상현 시집 | 김상현의 밥詩
162 이종성 시집 | 산의 마음
163 정경해 시집 | 가난한 아침

164 허영자 시집 | 투명에 대하여 외
165 신병은 시집 | 결
166 임채성 시집 | 원바라기
167 고인숙 시집 | 시련은 깜찍하다
168 장하지 시집 | 나뭇잎 우산
169 김미옥 시집 | 어느 슈퍼우먼의 즐거운 감옥
170 전재욱 시집 | 가시나무새
171 서범석 시집 | 짐작되는 평촌역
172 이경아 시집 | 지우개가 없는 나는
173 제주해녀 시조집 | 해양문화의 꽃, 해녀
174 강영은 시집 | 상냥한 시론詩論
175 윤인미 시집 | 물의 가면
176 시문학연구회 하로동선夏爐冬扇 시집 3 | 사랑은 종종 뒤에 있다
177 신태희 시집 | 나무에게 빚지다
178 구재기 시집 | 휘어진 가지
179 조선희 시집 | 애월에 서다
180 민창홍 시집 | 캥거루 백bag을 멘 남자
181 이미화 시집 | 치통의 아침
182 이나혜 시집 | 눈물은 다리가 백 개
183 김일연 시집 | 너와 보낸 봄날
184 장영춘 시집 | 단애에 걸다
185 한성례 시집 | 웃는 꽃
186 박대성 시집 | 아버지, 액자는 따스한가요
187 전용직 시집 | 산수화
188 이효범 시집 | 오래된 오늘
189 이규석 시집 | 갑과 을
190 박상옥 시집 | 끈
191 김상용 시집 | 행복한 나무
192 최명길 시집 | 아내
193 배순금 시집 | 보리수 잎 반지
194 오승철 시집 | 오키나와의 화살표
195 김순이 시선집 | 제주야행濟州夜行
196 오태환 시집 | 바다, 내 언어들의 희망 또는 그 고통스러운 조건
197 김복근 시조집 | 비포리 매화
198 시문학연구회 하로동선夏爐冬扇 시집 4 | 너에게 닿고자 불을 밝힌다
199 이정미 시집 | 열려라 참깨
200 박기섭 시집 | 키 작은 나귀 타고
201 천리(陳黎) 시집 | 섬나라 대만島/國
202 강태구 시집 | 마음의 꼬리
203 구명숙 시집 | 뭉클
204 옌즈(阎志) 시집 | 소년의 시少年辞
205 문학청춘작가회 동인지 2 | 그날의 그림자는 소용돌이치네
206 함국환 시집 | 질주
207 김석인 시조집 | 범종처럼
208 한기팔 시집 | 섬, 우화寓話
209 문순자 시집 | 어쩌다 맑음
210 이우디 시집 | 수식은 잊어요
211 이수익 시집 | 조용한 폭발
212 박 산 시집 | 인공지능이 지은 시
213 박현자 시집 | 아날로그를 듣다
214 시문학연구회 하로동선夏爐冬扇 시집 5 | 너를 버리자 내가 돌아왔다
215 박기섭 시집 | 오동꽃을 보며
216 박분필 시집 | 바다의 골목
217 강흥수 시집 | 새벽길
218 정병숙 시집 | 저녁으로의 산책
219 김종호 시선집
220 이창하 시집 | 감사하고 싶은 날
221 박우담 시집 | 계절의 문양
222 제민숙 시조집 | 아직 괜찮다
223 문학청춘작가회 동인지 3 | 고양이가 앉아 있는 자세
224 신승준 시집 | 이연당집怡然堂集·下
225 최 준 시집 | 칸트의 산책로
226 이상원 시집 | 변두리
227 이일우 시집 | 여름밤의 눈사람
228 김종규 시집 | 액정사회
229 이동재 시집 | 이런 젠장 이런 것도 시가 되네
230 전병석 시집 | 천변 왕버들
231 양아정 시집 | 하이힐을 믿는 순간
232 김승필 시집 | 옆구리를 수거하다
233 강성희 시집 | 소리, 그 정겨운 울림
234 김승강 시집 | 회를 먹던 가족
235 김순자 시집 | 서리꽃 진자리에
236 신영옥 시집 | 그만해라 가을산 무너지겠다
237 이금미 시집 | 바람의 연인
238 양문정 시집 | 불안 주택에 거居하다
239 오하룡 시집 | 그 너머의 시
240 문학청춘작가회 동인지 4 | 참꽃
241 민창홍 시집 | 고르디우스의 매듭
242 김민성 시조집 | 간이 맞다
243 김환식 시집 | 생각이 어둑어둑해질

때까지
244 강덕심 시집 | 목련, 그 여자
245 김유 시집 | 떨켜 있는 삶은
246 정드리문학 제10집 | 바람의 씨앗
247 오승철 시조집 | 사람보다 서귀포가
　　그리울 때가 있다
248 고성진 시집 | 솔동산에 가 봤습니까
249 유자효 시집 | 포옹
250 곽병희 시집 | 도깨비바늘의 짝사랑
251 한국 · 베트남 공동시집 | 기억의 꽃다
　　발, 질고 푸른 동경
252 김석렬 시집 | 여백이 있는 오후
253 김석 시집 | 괜찮다는 말 참, 슬프다
254 박언휘 시집 | 울릉도
255 임희숙 시집 | 수박씨의 시간
256 허형만 시집 | 만났다
257 최순섭 시집 | 플라스틱 인간
258 김미옥 시집 | 목련을 빚는 저녁
259 전병석 시집 | 화본역
260 엄영란 시집 | 장미와 고양이
261 한기팔 시집 | 겨울 삽화
262 문학청춘작가회 동인지 5 | 파킨슨 아
　　저씨
263 강홍수 시집 | 비밀번호 관리자
264 오승철 시조집 | 다 떠난 바다에 경례
265 김원옥 시집 | 울다 남은 웃음
266 서정춘 복간 시집 | 죽편竹篇
267 (사)한국시인협회 | 경계境界
268 이돈희 시선집
269 한국의사시인회 시집 | 바람의 이름
　　으로
270 김병택 시집 | 서투른 곡예사
271 강희근 시집 | 파주기행
272 신남영 시집 | 명왕성 소녀
273 염화출 시집 | 제주 가시리
274 오창래 시조집 | 다랑쉬오름
275 오세영 선시집 | 77편, 그 사랑의 시
276 곽애리 시집 | 주머니 속에 당신
277 이철수 시집 | 넘어지다
278 김소해 시조집 | 서너 백년 기다릴게
279 손영숙 시집 | 바다의 입술
280 임동확 시집 | 부분은 전체보다 크다
281 유종인 시조집 | 용오름
282 양시연 시집 | 따라비 물봉선
283 신병은시집 | 꽃, 그 이후
284 문학청춘작가회 동인지 6 | 성지곡 수
　　원지
285 다카하시 무쓰오(高橋睦郎)시집 | 남
　　자의 해부학
286 민경탁 시집 | 달의 아버지
287 문현미 시집 | 몇 방울의 찬란
288 이정현 시집 | 점點
289 안덕상 시집 | 당신은 폭포처럼